काग़ज़ से गुफ़्तगू

अंजलि 'सिफ़र'

काग़ज़ से गुफ़्तगू

ग़ज़ल संग्रह

अंजलि 'सिफ़र'

अंजुमन प्रकाशन
प्रयागराज

अंजुमन प्रकाशन

942, मुट्ठीगंज, प्रयागराज-3 उत्तर प्रदेश, भारत
वेबसाइट - www.anjumanpublication.com
ईमेल - contact@anjumanpublication.com

प्रथम संस्करण अंजुमन प्रकाशन द्वारा 2020 में प्रकाशित
सर्वाधिकार टेक्स्ट © अंजलि 'सिफ़र' 2020
सर्वाधिकार सुरक्षित : अंजुमन प्रकाशन 2020

आवरण व टाइप सेटिंग : अंजुमन प्रकाशन, प्रयागराज
भारत में मुद्रित व जिल्दबंद

ISBN : 978-93-88556-43-9

समर्पित

हर उस लम्हे को

जिसे ज़िंदगी की गुल्लक से चुराकर

इस गुफ़्तगू का हिस्सा बनाया

अंजलि 'सिफ़र' : एक जज़्बाती शाइरा

ये सब जानते हैं कि शाइरी असलन उन महसूसात-ओ-मुशाहिदात और तास्सुरात को इज़हार बख़्शने का अमल है जिन्हें शाइरी के लिहाज़ से भरपूर तवाना और मानी ख़ेज़ समझा जाता है; लेकिन जो बात अदब के ना क़ेदीन को ख़ास तौर पर अपनी तरफ़ मुतवज्जः करती रही है वो ये कि तख़य्युल, तफ़क्कुर और तास्सुरात की समतें किस तरह इज़हार की अमली ज़रूरतों और उनसे वाबस्तः पाबंदियों और रवायतों के साथ किस अदब पारे में हम आहंग होती हैं ।

अंजलि 'सिफ़र' की शाइरी में ग़ज़ल का जोहर आपको बड़ी फ़िक्र के साथ नज़र आएगा। उनके कलाम में पुख़्तगी और महारत का रंग साफ़ नज़र आता है, ख़ास तौर पर ज़िन्दगी की तल्ख़ियों नीज़ बिगड़े हुए हालात का असर उनकी ज़बान पर है, उनके दिल की धड़कन मुआशरे की बेराहरवी से नालाँ है शे'र के तवस्सुत से कर्व का अहसास भी आपको जा ब जा दिखाई देगा ।

अंजलि 'सिफ़र' के कलाम में नफ़ासत, रवानी, बेसाख़्तगी, सादगी, पुरकारी और वसी'अ तज्रिबात-ओ-मुशाहिदात को अपने शे'र में ढालने की सिफ़त और नुदरत पसन्दी पायी जाती है, कुछ अशआर मुलाहिज़ः फ़रमाएँ:-

हर तरफ़ संग हैं दीवारें हैं तन्हाई है
ये कहाँ आ गया मैं मुझको तो घर जाना था
* * *
पा लिया है अगरचे मैंने तुझे
फिर भी तेरी कमी सी रहती है

* * *

जो रात भर जला था तेरे इन्तिज़ार में

अश्कों ने वो चराग़ बुझाया अभी अभी

* * *

सौंपा था ख़ुद को हाथ में जिसके उसी ने जब

सिक्का बना दिया तो उछलना पड़ा मुझे

* * *

छीनकर वो ‘सिफ़र’ क़लम काग़ज़

भेंट देते हैं रोशनाई की

* * *

नज़र की बेरुख़ी ने तोड़ा उसको

न चटका आइना जो पत्थरों से

* * *

काम ‘सिफ़र’ से जो था शायद निकल गया

लहजा उसका बदला-बदला लगता है

'अंजलि सिफ़र' अमूमन धूप, सहरा, शजर और सफ़र को अलामात के तौर पर इस्तेमाल करती आई हैं, इनके ज़रिये वो न सिर्फ़ अपनी ज़िंदगी की इब्तिला, आज़माइश, सऊबत, न ख़त्म होने वाले इम्तिहान के रमूज़ बयान करती हैं बल्कि अपनी क़ुव्वत-ए-बर्दाश्त की हदूद भी वाज़ेह कर जाती हैं, ज़िन्दगी के तल्ख़ तरीन तज्रिबात, हालात की नामुसाइदत और तेज़ तूफ़ानों में तिनके की तरह बेसहारा बहते रहना उनकी ज़िन्दगी का माहसल बन जाया करता है, ऐसी सूरत में उन्हें अपने अर्स-ए-हयात पर जो नक़्श उभरते हुए नज़र आए उनमें इन अल्फ़ाज़ ने उनकी शख़्सीयत की नुमाइन्दगी की वो अपनी अलामात को महज़ रस्मन या वक़्ती अदबी फ़ैशन के तौर पर इस्तेमाल नहीं करती हैं बल्कि ये उनके ज़ाती तज्रिबात का माहसल होती हैं उनमें एक नोइयत से उनकी अपनी तल्ख़ कामियों, आज़माइशों, उफ़्तादों, महरुमियों, उम्मीदों के तार नज़र आते हैं, इस तरह अलामात सिर्फ़ फ़ननी हुस्न नहीं हैं बल्कि उनकी ज़िंदगी की तल्ख़ तरीन हक़ीक़त हैं, उनकी ज़ात की नुमाइंदगी हैं -

शाइरी सुर में भला कैसे रहे

हर गली इक बेसुरा मौजूद है

* * *

वो दिल भी 'सिफ़र' दिल नहीं है कभी जो
किसी की महब्बत में धड़का नहीं है

* * *

रूह मेरी अब निकलना चाहती है
बस क़फ़स अपना बदलना चाहती है

* * *

कर न पाए लबों से जो इज़हार तो
हमने चहरे को ही आइना कर दिया

* * *

ज़िद्दी सा बच्चा हुआ ये मन मेरा
है इसे मुश्किल मनाना ज़िन्दगी

* * *

बीच सफ़र में मुड़ जाना
चाहत की ये रीत नहीं

* * *

क्यों छलक जाते हैं मेरे आँसू
बारहा सब्र की फ़सीलों से

और इस तरह के बेशुमार अशआर आप उनकी शाइरी में देख सकते हैं;
मेरी दुआ है कि उनका ये ग़ज़ल-संग्रह 'काग़ज़ से गुफ़्तगू' आपको बेहद पसंद
आए, 'अल्लाह करे ज़ोर-ए-क़लम और ज़ियादा'।

समर कबीर

सम्पादक - दीन-ओ-अदब (मासिक)
8 मदार गेट उज्जैन (म.प्र.) 456001
मोबाइल:-9753845522

आप से गुफ़्तगू

ख़ुद के साथ गुज़ारे लम्हों में काग़ज़ से की गयी गुफ़्तगू शायद सबसे सच्ची और दिल के क़रीब होती है और ये मेरे लिए एक ख़ुशनसीब लम्हा है कि मेरे और काग़ज़ के बीच की गुफ़्तगू आप तक पहुँचकर आपको भी अपना हिस्सा बना पायी। दिल से होकर काग़ज़ तक इन लम्हों के सिमटने का सफ़र आप सबके साथ साझा करना चाहती हूँ। ग्यारह या बारह बरस की उम्र में शायद एक गीत का अंतरा लिखा था ट्रेन में बैठ कर। गीत था फ़िल्म तेरी क़सम से 'ये ज़मीं गा रही है'। जब भी गीत गाती तो ख़ुद का अंतरा साथ गाती। स्कूल कॉलेज में फंक्शन और प्रतियोगिता इत्यादि के लिए लिखती रही। अध्यापिका के तौर पर भी स्कूल की प्रतियोगिताओं और कार्यक्रमों के लिए लिखती रही।

2002 में पहली रचना दैनिक भास्कर और ट्रिब्यून जैसे प्रतिष्ठित अख़बारों का हिस्सा बनने के बावजूद लेखन एक कॉपी तक सिमटा रहा, जब तक एक दिन फ़ेसबुक की साहित्यिक दुनिया का दरवाज़ा 'अंजलि इन वंडरलैंड' की तरह खुल नहीं गया। एक कविता जो भास्कर में छपने भेजी थी, पता लगा सोशल मीडिया के एक साहित्यिक पेज पर छपकर ढेर सारे उत्साहवर्धक कमैंट्स पा चुकी है। इस तरह पाठकों से सीधा रूबरू होना मेरे लिए अचम्भे से कम नहीं था। उससे जो ऊर्जा मिली तो लेखन का ठहरा हुआ सफ़र गति पा गया। कविताएँ, लघुकथाएँ इत्यादि लिखीं और छपीं।

फ़ेसबुक पर अक्सर किसी-किसी की पोस्ट पर कुछ 1212 या 2122 जैसी संख्याओं पर नज़र पड़ती तो हैरान होती कि है तो कुछ गणित-सा लेकिन क्या, यह समझ नहीं आता था। ग़ज़ल की तकनीकी जानकारी देने वाली गिरधारी सिंह गहलोत जी की एक पोस्ट पढ़ी तो कुछ-कुछ समझ आया। उन्होंने भी बहुत सारे ऊटपटांग सवालों के जवाब बहुत प्यार से दिये। फिर इस बाबत

कुछ पुस्तकें पढ़ी। इण्टरनेट पर जहाँ से जो मिला पढ़ने की कोशिश की। इतने में गुरु ग़ज़लकार विजय स्वर्णकार जी का ग़ज़ल की आरम्भिक जानकारी के लिए सान्निध्य प्राप्त हुआ, जिससे ढेर सारी कड़ियाँ खुलती चली गयीं। उनका यह कहना, 'मुझे नहीं लगता आपने सिर्फ़ मेरी क्लास से इतना अच्छा कहना सीखा है, यह आपका पुराना श्रम होगा जो सतह पर आया है; एक वर्ष के अंदर आप बड़ी शायरात में शुमार होंगी यह घोषणा करता हूँ' मेरे अंदर छुपे शायरी के बीज को अंकुरित कर गया। सोशल मीडिया पर वाहवाही से ऊर्जा भी ली लेकिन इसकी भ्रामकता को पहचान कर उससे बचने का भी भरसक प्रयत्न रहा। जहाँ से, जिससे जो सीखने को मिला उसे आत्मसात करने की कोशिश की। अक्सर 100 में से मिले 90 अंकों से अपना उत्साह तो बढ़ाया लेकिन 10 कहाँ कटे ये जानने का सदैव प्रयास किया। गुणीजन से आग्रह किया कि ग़लतियाँ बताकर मार्गदर्शन करें और ये ख़ुशक़िस्मती रही कि विभिन्न प्लेटफॉर्म्स के माध्यम से गुणीजन का सदैव आशीर्वाद मिलता रहा। इसी क्रम में सूरज प्रकाश जी का प्रोत्साहन पाकर पहला ग़ज़ल संग्रह 'लम्हों के परिंदे' तैयार किया जो फ़िलहाल हरियाणा साहित्य अकादमी, पंचकूला में जमा है और अगले बरस तक आपके हाथों में पहुँच सकेगा।

इसी बीच समर कबीर जी का मार्गदर्शन मिलना अँधेरे में रौशनी की किरण साबित हुआ। बेहद मुतमईन हूँ कि इस गुफ़्तगू का हर लफ़्ज़ उनकी निगाहों से गुज़रकर क़िताब की स्याही तक पहुँचा है।

यहाँ तख़ल्लुस का ज़िक्र भी ज़रूरी है। सिर्फ़ अंजलि बेहद छोटा नाम लगा। सरनेम मुझे हमेशा से किसी भी व्यक्ति पर समाज की थोपी हुई पहचान लगती रही। इसलिए तख़ल्लुस का इस्तेमाल अच्छा विचार लगा। गणित-शिक्षिका होने के नाते 'सिफ़र' की ताक़त और वजूद से वाक़िफ़ थी इसलिए इसे ही अपनी पहचान बनाने का निश्चय किया। मन में भाव कुछ यूँ थे

'मिट्टी से जन्मी हूँ
मिट्टी का ही घर हूँ
मुझमें क्या है मेरा
रूह का एक सफ़र हूँ
...मैं सिफ़र हूँ'

हालाँकि उर्दू ज़बान में इसका शुद्ध रूप सिफ्र है, लेकिन सिफ्र का ही

अपभ्रंश कई किताबों और शब्दकोशों में 'सिफ़र' के रूप में अधिक प्रचलित है और इसकी पहुँच ज़ियादा लोगों तक है। 'सिफ़र' एक 'ग़लतुल आम फ़सीह' शब्द है (शायद मेरी ही तरह) जिसे ग़लत होते हुए भी स्वीकार कर लिया जाता है। हाहा। उम्मीद करती हूँ जाने-अनजाने हुई ग़लतियों को अनदेखा कर पाठक अपने स्नेह को 'सिफ़र' के इस प्रयास के आगे लगाकर 'सिफ़र' को कई गुणा में तब्दील कर देंगे और जब तक पाठकों का स्नेह न मिले तब तक एक लेखक तो शून्य ही है... है न!

अँग्रेज़ी में भी cipher यानी एक सीक्रेट कोडेड भाषा मुझे मेरी ही बात कहता लगा। मेरी लेखनी भी तो दिल की बातों की कोडेड भाषा ही है।

तो बस यूँ जन्म हुआ अंजलि 'सिफ़र' का, जिसे आपकी प्रतिक्रियाओं, सुझावों, समीक्षाओं का दिल से और बेसब्री से इंतज़ार रहेगा। फोन, फ़ेसबुक, इंस्टाग्राम, व्हाट्सएप ,ट्विटर, ईमेल या पत्र और पोस्टकार्ड भी, जैसे भी जुड़ेंगे आपका आभार और स्वागत

अंजलि 'सिफ़र'

666/11 ,न्यू कैलाश नगर

मॉडल टाउन, अम्बाला शहर-134003

फोन : 9896795434,7988091588

ईमेल : anjalicipher@gmail.com

अनुक्रम

1.

शर्म से लाल जो रुख़्सार हुआ
बिन कहे प्यार का इक़रार हुआ

लब तो मेरे रहे ख़ामोश मगर
क्या करूँ चेहरा ये अख़बार हुआ

मुख़्तसर ज़िन्दगी में जाने क्यों
ख़्वाहिशों का यूँ ही अम्बार हुआ

हम भी कर लेते दिलों का सौदा
सब हुआ हमसे न व्यापार हुआ

जब 'सिफ़र' बोली लगी गुलशन में
कौन काँटों का ख़रीदार हुआ

रुख़्सारः गाल
मुख़्तसरः छोटी सी

2.

नज़र कुछ लिखा इस पे आता नहीं है
मगर दिल का काग़ज़ ये कोरा नहीं है

न अब हम कभी भी पुकारेंगे उसको
सदा जो मुहब्बत की सुनता नहीं है

ज़माने को सच हम बता तो दें लेकिन
इसे सुनना सबको गवारा नहीं है

ख़ुशी से ख़ुशी वो मनायेगा कैसे
गले जो ग़मों को लगाता नहीं है

वो दिल भी 'सिफ़र' दिल नहीं है कभी जो
किसी की मुहब्बत में धड़का नहीं है

3.

ज़ख़्म कब किसको मिलेगा वक़्त की शमशीर का
क्या इरादा है किसे मालूम इस तक़दीर का

जागकर शब भर हिफ़ाज़त नींद की करते हैं हम
कोई टुकड़ा ले न जाये ख़्वाबों की जागीर का

क्या निगाहों में लिखा था क्या ज़माने ने पढ़ा
देखा था शायद सभी ने एक रुख़ तस्वीर का

सूखकर भी ज़ख़्म कुछ चुभते हैं निश्तर की तरह
दर्द कम होता नहीं अपनों से पायी पीर का

किसकी ख़ातिर कौन अब देता है अपनी जाँ भला
अब पुराना हो गया है क़िस्सा राँझा-हीर का

डूबकर निकले जो सच की रोशनाई में 'सिफ़र'
काम कर जाए वो इक-इक लफ़्ज़ जैसे तीर का

रोशनाईः स्याही

4.

रूह मेरी अब निकलना चाहती है
बस क़फ़स अपना बदलना चाहती है

जानकर भी अपना मुस्तक़बिल भला क्यों
शम'अ दीवानी पिघलना चाहती है

तुम जकड़ना चाहते हो वक़्त को पर
हर घड़ी उसकी फिसलना चाहती है

थाम तेरा हाथ बस बैठे रहें हम
शाम कोई ऐसे ढलना चाहती है

मिल न मिल मुझसे मगर वादा तो कर तू
थम चुकी ये साँस चलना चाहती है

सहरा में तस्वीर दिखलाकर तुम्हारी
प्यास को फिर याद छलना चाहती है

चाँद को छूने की ज़िद में फिर 'सिफ़र' अब
एक बच्चे-सा मचलना चाहती है

क़फ़सः पिंजरा
मुस्तक़बिलः भविष्य

 काग़ज़ से गुफ़्तगू / अंजलि 'सिफ़र'

5.

होश में जो न मैं कर सका कर दिया
बेख़ुदी ने मेरा फ़ाइदा कर दिया

तेरे इनकार इक़रार के खेल ने
आशिक़ी को मेरी गुनगुना कर दिया

पल में ही रूठना मान जाना भी झट
इस अदा ने हमें आपका कर दिया

कर न पाये लबों से जो इज़हार तो
हमने चेहरे को ही आइना कर दिया

दिल की धड़कन भी जो कह न पायी 'सिफ़र'
लो नज़र ने वही हौसला कर दिया

6.

शाम इक ऐसे बिताना ज़िन्दगी
सुनना कुछ अपनी सुनाना ज़िन्दगी

राह में मैं लड़खड़ा जाऊँ अगर
हाथ तू अपना बढ़ाना ज़िन्दगी

जब हो महफ़िल में मुहब्बत क़ाफ़िया
इक ग़ज़ल तू भी सुनाना ज़िन्दगी

ज़िद्दी-सा बच्चा हुआ ये मन मेरा
है इसे मुश्किल मनाना ज़िन्दगी

बैठें जब हाथों में लेकर हाथ हम
तब गिले शिकवे गिनाना ज़िन्दगी

रूठने पर जब मनाऊँ मैं तुझे
तू भी झट से मान जाना ज़िन्दगी

गर कभी आवाज़ दे तुझको 'सिफ़र'
दो क़दम तू लौट आना ज़िन्दगी

समझे मेरी प्रीत नहीं
वो मेरा मनमीत नहीं

बीच सफ़र में मुड़ जाना
चाहत की ये रीत नहीं

हर पल इसका सच्चाई
जीवन ये अभिनीत नहीं

ये सृष्टि ज्यूँ इक सरगम
किस शय में संगीत नहीं

मरहम से डर लगे 'सिफ़र'
ज़ख़्मों से भयभीत नहीं

8.

झूठे सच्चे कई वसीलों से
जीत जाएँगे वो दलीलों से

कैसे नन्हे परिंदे पर खोलें
है भरा आसमान चीलों से

था वो चूल्हा ग़रीब के घर का
कैसे आती महक पतीलों से

घूँट भर पानी भी न पूछा गया
चल के आया था कोई मीलों से

ख़ून से तरबतर था ख़्वाब कोई
मेरा बिस्तर सजा था कीलों से

क्यों छलक जाते हैं मेरे आँसू
बारहा सब्र की फ़सीलों से

क्या मिला तुमको मीठा बन के 'सिफ़र'
ये समंदर भी पूछे झीलों से

वसीलोंः साधनों, माध्यमों
फ़सीलोंः दीवारों

9.

आँखों की हम बेबसी कैसे कहें
मिट न पायी तिशनगी कैसे कहें

जो न समझे आदमी को आदमी
उस बशर को आदमी कैसे कहें

नाम अक्सर भूलते हैं वो मेरा
इस अदा को बेरुख़ी कैसे कहें

लम्हा-लम्हा है हक़ीक़त में ढली
ज़िन्दगी को ख़्वाब-सी कैसे कहें

ले गए वो दिल सरे महफ़िल मेरा
हम इसे अब रहज़नी कैसे कहें

बनके धड़कन जो है साँसों में रवाँ
हम उसी को अजनबी कैसे कहें

क्या ख़बर कल हो न हो लेकिन 'सिफ़र'
रात है ये आख़िरी कैसे कहें

तिशनगीः प्यास
बशर : मनुष्य
रहज़नी : लूट

इक भीड़ है जहान की मेला कहें जिसे
सुख दुःख का है ये खेल तमाशा कहें जिसे

यूँ तो सजा था सारा चमन फूलों से मगर
वो फूल ही खिला न था अपना कहें जिसे

करके दुआ सलाम वो महफ़िल से उठ गया
ऐसा भी कुछ कहा न कि शिकवा कहें जिसे

उनकी मिसाल ढूँढ़ने से भी न मिल सकी
है कौन इस ज़माने में उन-सा कहें जिसे

ख़ुद को भी बेचकर जो मिले तेरी इक ख़ुशी
सौदा ये ऐसा भी नहीं महँगा कहें जिसे

सब ऊपरी दिखावे की लहरों में खो गये
है कौन-सा वो रिश्ता कि गहरा कहें जिसे

इक भी न राह ऐसी मिली ज़ीस्त में 'सिफ़र'
हम मंज़िलों को पाने का रस्ता कहें जिसे

ज़ीस्तः जिंदगी

किसी पे फेंकना पत्थर ज़रा सँभलते हुए
न लौट आएँ तेरी ही तरफ़ उछलते हुए

थे जिनकी जान वो पहचानते नहीं हमको
किसी को देखा है क्या तुमने यूँ बदलते हुए

मिलीं निगाहें तो उनकी भी आँखों में देखा
न जाने कितने ही अरमानों को मचलते हुए

लहूलुहान हुए तब कहीं समझ आया
वो ख़ार थे जो मिले फूल बनके छलते हुए

बँटी है ज़िन्दगी ये रात और दिन में 'सिफ़र'
कभी तो देखो किसी शाम को भी ढलते हुए

आइना यूँ दिखा गया है मुझे
कोई ख़ुद से मिला गया है मुझे

मेरे चेहरे को चाँद कहकर वो
आसमाँ पर सजा गया है मुझे

राज़ दिल के निगाहों से कोई
सर-ए-महफ़िल बता गया है मुझे

वो जो आया था बन के परवाना
शम'अ कहकर जला गया है मुझे

ख़्वाब पर नाम था लिखा जिसका
नींद से वो उठा गया है मुझे

छेड़कर तार मेरे दिल के वो
गीत-सा गुनगुना गया है मुझे

है मुहब्बत भी कैसा खेल 'सिफ़र'
हारकर वो हरा गया है मुझे

रेज़ा रेज़ा टूटकर तन्हा बिखरने की सज़ा
पायी है शायद किसी ने प्यार करने की सज़ा

दे गयी है जाते-जाते आस तेरे मिलने की
रस्ते पर मेरी निगाहों को ठहरने की सज़ा

फिर नमक छिड़का गया वो फिर कुरेदे ही गये
ज़ख़्मों को हर बार मिलती है उभरने की सज़ा

अब न हमसे कोई वादा करना मिलने का कभी
हमने यूँ दी उनको वादों से मुकरने की सज़ा

हद में अपनी नींद के रहकर न देखोगे अगर
पाओगे अपने ही सपनों को कतरने की सज़ा

डूबकर आख़िर हमारी आँखों ने पायी 'सिफ़र'
आपके दिल के समंदर में उतरने की सज़ा

रेज़ा रेज़ा : कण-कण

क्यूँ क़दम ये रुके- रुके से हैं
लब भी तेरे सिले-सिले से हैं

कौन है रूबरू जो पलकों के
कबसे परदे गिरे गिरे से हैं

रोया होगा जवाब लिखते हुए
लफ़्ज़ सारे मिटे मिटे से हैं

कौन गुज़रा है शह से मेरे
गुल चमन के खिले खिले से हैं

ये न कहना पढ़ा न तुमने मुझे
दिल के पन्ने मुड़े मुड़े से हैं

आज आऊँगा चाँद लाऊँगा
तेरे वादे सुने सुने से हैं

राज़ दिल का 'सिफ़र' बता देंगे
ये जो गेसू उड़े उड़े से हैं

15.

अपनी आँखों में ऐसे बसा लो मुझे
इक हसीं ख़्वाब-सा तुम सजा लो मुझे

नाम छुप जाए मेहँदी में महबूब का
यूँ हथेली पे अपनी रचा लो मुझे

अब नहीं साथ छूटेगा ये उम्र भर
हो कोई भी सफ़र आज़मा लो मुझे

यूँ भी हो राह में चलते-चलते कभी
मैं जो गिरने लगूँ तुम सँभालो मुझे

चाँद ने चाँदनी से कहा झूमकर
अपने कानों की बाली बना लो मुझे

देख लेना ख़ज़ाने मिलेंगे बहुत
मैं हूँ बचपन का बस्ता खँगालो मुझे

मैं वो सिक्का हूँ जिसपे लिखा फैसला
ऐ 'सिफ़र' तुम सँभलकर उछालो मुझे

16.

पिंजरे के परिंदे का इतना सा है अफ़साना
हैं पंख मगर फिर भी परवाज़ से बेगाना

मैं अश्कों को आँखों के दर से तो जुदा कर दूँ
है शर्त मगर इतनी मंज़िल हो तेरा शाना

ख़ुद को भी गँवाया है चाहत की तिजारत में
क्या सोचे ख़सारा वो जो चाहे तुझे पाना

है इल्म ये दुश्मन को आसाँ है मेरे घर में
हर आग को मज़हब की चिंगारी से भड़काना

घर मे ही रहे देखो वो बात जो घर की है
महफ़िल में छलक जाए आँखों का न पैमाना

उनको भी ख़बर तो थी टूटेगा हमारा दिल
कब काँच की क़िस्मत को पत्थर ने नहीं जाना

खिड़की है न दरवाज़ा हो वस्ल 'सिफ़र' कैसे
पहरे में बदन के है इस रूह का तहख़ाना

परवाज़ : उड़ान
शाना : कँधा
तिजारत : व्यापार
ख़सारा : घाटा

नाम रुख़ पर उभर गया कोई
क्यों मगर बेख़बर गया कोई

मुझको चाहत की हद बताकर क्यों
अपनी हद से गुज़र गया कोई

मौज दर मौज ख़ुद से टकराकर
फिर समन्दर बिखर गया कोई

ये चमन में चली है कैसी हवा
आज फूलों से डर गया कोई

फिर चले आए लोग सहलाने
ज़ख़्म लगता है भर गया कोई

जो उफ़ुक़ तक दिखे वो तन्हाई
नाम आँखों के कर गया कोई

जिस्म ही तो छुआ गया था 'सिफ़र'
रूह तक क्यों सिहर गया कोई

उफ़ुक़ : क्षितिज

कभी ये अब्र से पूछो बरसने का मज़ा क्या है
बुझाकर तिशनगी सबकी उसे आख़िर मिला क्या है

ये शायद क़ुरबतों का है कोई अटका हुआ लम्हा
न जाने उँगलियों में कुछ लरज़ता काँपता क्या है

बशर तूने ही छीने थे कभी साये दरख़्तों से
नहीं गर छाँव अब मिलती तो फिर करता गिला क्या है

गिरीं यादों की गुल्लक से न जाने कब कहाँ चिल्लर
मेरा गुम हो गया बचपन तू ये पूछे लुटा क्या है

मेरा दुश्मन है मेरा दिल करे ये याद उसको ही
जो देकर दर्द ये पूछे 'सिफ़र' तुझको हुआ क्या है

अब्र : बादल
तिशनगी : प्यास
क़ुरबतें : नज़दीकियाँ

19.

कोई ख़्वाहिश नयी पराई की
आज फिर ख़ुद से बेवफ़ाई की

रूह भी चल दी छूटकर पीछे
जब तेरी यादों की रिहाई की

ग़म के आँचल ने ढक लिया झट से
जब भी ख़ुशियों ने मुँह दिखाई की

दिल में बारूद था भरा सबके
क्या ख़ता थी दियासलाई की

वो समझता है दर्द क्यारी का
जिसने इक बेटी की विदाई की

हम तो कहते न उम्र भर उनसे
चूड़ियाँ बोल उठीं कलाई की

छीनकर वो 'सिफ़र' कलम-काग़ज़
भेंट देते हैं रोशनाई की

रोशनाई : स्याही

भीगा भीगा इस क़दर मौसम रहा
पत्ता-पत्ता रात भर पुरनम रहा

याद बसती थी तेरी हर साँस में
दर्द दिल में यूँ रवाँ पैहम रहा

ज़ुल्फ़ है या ज़ीस्त की पेचीदगी
कितनी सुलझाईं मगर इक ख़म रहा

गुलशन-ए-दिल के हैं सूखे सब शजर
बस ख़िज़ाँ का ही यहाँ मौसम रहा

जब भी क़िस्सों में सियासत आ गयी
बज़्म का माहौल कुछ बरहम रहा

कह दो चारागर से उनका नाम ले
ज़िक्र उनका ही मेरा मरहम रहा

क्या बुलाते ख़्वाब को दर पे 'सिफ़र'
नींद का आना ही जब कम कम रहा

पुरनम : भीगा   शजर : पेड़
पैहम : लगातार   बरहम : बिगड़ा
ज़ीस्त : ज़िंदगी   चारागर : चिकित्सक
ख़म : घुमाव

है तसव्वुर बहुत ही ये प्यारा मुझे
तुमने कहकर मुहब्बत पुकारा मुझे

ख़ुद ब ख़ुद ही सँभलने लगे ये क़दम
इक नज़र का मिला जो सहारा मुझे

शीश-ए-दिल को टकरा दे पत्थर से ख़ुद
मेरी फ़ितरत ने ही तो है मारा मुझे

ज़िंदगी लम्हा-लम्हा सुलगती रही
वक़्त ने रफ़्ता-रफ़्ता गुज़ारा मुझे

किससे मिलकर निगाहें मेरी झुक गयीं
आइने में ये किसने निहारा मुझे

छोड़कर जिसको मौजों पे रक्खे क़दम
अब न आवाज़ दे वो किनारा मुझे

जीतनी तो नहीं दिल की बाज़ी 'सिफ़र'
हारना भी नहीं है गवारा मुझे

कौन उतरा है किसी की रूह के भीतर यहाँ
देखती है हर नज़र बस जिस्म का पैकर यहाँ

है सजा ये शह्र चारों ओर संग-ओ-ख़िश्त से
जिस तरफ़ देखो मकाँ हैं ढूँढ़ता हूँ घर यहाँ

कितने ही मासूम गुल कुचले गये गुलशन में फिर
फिर गिरे कल रात शबनम की जगह पत्थर यहाँ

ज़ह्र से खुद को भला कब तक बचा पाएँगे वो
आस्तीनों में जो बैठे पालकर अजगर यहाँ

जो रहा ख़ामोश महफ़िल में ज़बाँ को थामकर
शोर उसकी आँखों में उठता रहा अक्सर यहाँ

देखो मयख़ानों में जाकर मय नहीं बिकती फ़क़त
घर का सामाँ बिकता है और बिकते हैं ज़ेवर यहाँ

राह को ही क्यों 'सिफ़र' सब दे रहे इल्ज़ाम हैं
देखकर पत्थर को भी जब खा रहे ठोकर यहाँ

पैकर : आकृति
संग-ओ-ख़िश्त : पत्थर और ईंट

23.

दुनिया को देख रंग बदलना पड़ा मुझे
अपना ही साया छोड़ के चलना पड़ा मुझे

रस्ता तो ज़िंदगी का था दुश्वार ही मगर
साँसों का था उधार तो चलना पड़ा मुझे

सौंपा था ख़ुद को हाथ में जिसके उसी ने जब
सिक्का बना दिया तो उछलना पड़ा मुझे

घबरा के तीरगी से किसी ने मुझे यहाँ
समझा जब इक चराग़ तो जलना पड़ा मुझे

तूने किया जो दूर तो इतना हुआ 'सिफ़र'
बस पैरहन बदन का बदलना पड़ा मुझे

तीरगी : अँधेरा
पैरहन : पोशाक

ये शिकायत क्यों है तेरी रास्ता भी तो नहीं
जानिब-ए-मंज़िल क़दम तेरा उठा भी तो नहीं

था नहीं शामिल तू उसके गिरने में बेशक मगर
तू सहारे के लिए आगे बढ़ा भी तो नहीं

और है ये बात आये अब न मेरे होंठों पर
नाम तेरा आज तक दिल से मिटा भी तो नहीं

जल नहीं पाया भले ही वस्ल का कोई दिया
पर चराग़-ए-आरज़ू अब तक बुझा भी तो नहीं

दिल की बाज़ी में नहीं है जीतना लाज़िम मगर
इसमें दिल का हार जाना हारना भी तो नहीं

रोशनी चाहे न दे पाया मुक़ाबिल शम्स के
आँधियों के डर से लेकिन मैं बुझा भी तो नहीं

हम खुशी से दिल किसी दूजे को दे देते 'सिफ़र'
आप-सा दुनिया में कोई दूसरा भी तो नहीं

वस्ल : मिलन
शम्स : सूरज

लम्हा लम्हा ख़ुशी में ढालो तुम
ज़िन्दगी को न कल पे टालो तुम

उनको जीने की भी करो कोशिश
ख़्वाब आँखों में ही न पालो तुम

घर की दीवारों से गिरे बाहर
बात इतनी भी न उछालो तुम

कितनी सदियाँ निकल के आएँगी
बीते लम्हे अगर खँगालो तुम

ग़म उठा लेता है सभी का ये
अपने दिल को 'सिफ़र' सँभालो तुम

जाम बनकर कभी छलका कीजै
सहरा में अब्र-सा बरसा कीजै

धूप भी तो है सफ़र में लाज़िम
हर क़दम साया न ढूँढ़ा कीजै

देखिये आप के हो जाएँगे हम
इस क़दर हमको न देखा कीजै

बारहा उठ के चले जाते हो
दो घड़ी पास तो बैठा कीजै

ख़्वाब मेरे हैं बिछे राहों में
रुख़ किसी शब तो इधर का कीजै

क्यों भला ढूँढ़िये शाना कोई
टूटकर ख़ुद में ही बिखरा कीजै

रोशनी की न कमी होगी 'सिफ़र'
आप जुगनू-सा इरादा कीजै

अब्र : बादल
बारहा : बारबार

चाहतों की बाज़ी का जब से ये मुहरा बन गया
दिल हमारा एक राजा था पियादा बन गया

चाँदनी को मैंने चाहत की नज़र से देखा जब
चाँद में न जाने कैसे तेरा चहरा बन गया

जब से आया इस जहाँ में कुछ नहीं बस में तेरे
वक़्त के हाथों का तू बस इक खिलौना बन गया

तीरगी थी इस क़दर मंज़िल नज़र आती न थी
हौसले का इक दिया जलते ही रस्ता बन गया

दिल के अफ़सानों का जब घर-घर हुआ चर्चा 'सिफ़र'
प्यार भी देखो हमारा इक लतीफ़ा बन गया

तीरगी : अँधेरा

ख़्वाब इतना सा है इक सुब्ह तू जागा होता
मेरा कमरा मेरी चादर मेरा तकिया होता

आबले पाँव के दिल तक नहीं पहुँचे होते
हमसफ़र बनके कोई साथ जो आया होता

हम यक़ीनन उसे मुट्ठी में जकड़ ही लेते
काश वो लम्हा बस इक लम्हे को ठहरा होता

हम उसी वक़्त उतर जाते तुम्हारे दिल में
इक नज़र तुमने मुहब्बत से जो देखा होता

ख़ुद-ब-ख़ुद चाँद उतर आता हथेली पे 'सिफ़र'
हाथ इक बार अगर तुमने बढ़ाया होता

आबले : छाले

29.

है सभी का गिला
हमने पाया है क्या

तू कभी तो वो सुन
जो न मैंने कहा

भूलकर आगे बढ़
जो हुआ सो हुआ

पायेगा मंज़िलें
ढूँढ़ तो रास्ता

जीत उसकी हुई
जो भी गिरकर उठा

वक़्त की शाख़ पर
गुल सदा कब रहा

तीरगी में 'सिफ़र'
दीप-सा जगमगा

तीरगी : अँधेरा

ज़िंदगी को तुम वफ़ा की तर्जुमानी मत लिखो
बुलबुले को ही फ़क़त दुनिया में फ़ानी मत लिखो

मौत के अहसास को पल-पल जिये जो ज़िंदगी
यूँ जिये जाने को जीने की निशानी मत लिखो

जिस्म से आग़ाज़ हो जिसका रुके जो जिस्म पर
उस सफ़र को तुम मुहब्बत की रवानी मत लिखो

रुकमणी ने भी पिया ही होगा प्याला ज़हर का
सिर्फ मीरा को ही कान्हा की दीवानी मत लिखो

चेहरे के पीछे भी इक इंसान रहता है कोई
देखकर सूरत 'सिफ़र' की तुम कहानी मत लिखो

तर्जुमानी : अनुवाद

31.

है इश्क़ गर मरज़ तो दवाएँ मुझे न दो
मैं ठीक हो न जाऊँ दुआएँ मुझे न दो

बरसीं हैं अब्र बनके मेरी आँखें रात-दिन
सहरा को सींचने की अदाएँ मुझे न दो

आयी है मुश्किलों से लबों पर हँसी ज़रा
तुम फिर उदासियों की रिदाएँ मुझे न दो

जाना है मुझसे दूर तो जाओ सुनो मगर
उस पार जाके फिर से सदाएँ मुझे न दो

अंजाम जिनका होगा जुदाई 'सिफ़र' से कल
उन क़ुरबतों की आज सज़ाएँ मुझे न दो

रिदा : ओढ़ने की चादर
क़ुरबतें : नज़दीकियाँ

भरी महफ़िल में ये मुझको कभी रुसवा नहीं करता
मेरी आँखों का पैमाना यूँ ही छलका नहीं करता

जो चिल्लाये यक़ीं उसकी किसी भी बात पर मत कर
गरजता है जो बादल वो कभी बरसा नहीं करता

बदल दे ये सदी को भी अगर आ जाये वक़्त उसका
ये लम्हा है किसी के वास्ते ठहरा नहीं करता

झुलाये बिटिया को झूले जो याद आते हैं उसको भी
मगर वो बाप का दिल है कभी रोया नहीं करता

वतन की मिट्टी से कह दो न देखे राह अब उसकी
गया परदेस जो इक बार वो लौटा नहीं करता

नज़र आती है जब उसको मेरे बच्चों की फ़रमाइश
शिकायत फिर मेरा टूटा हुआ चश्मा नहीं करता

ज़रा सोचो ज़रा समझो ज़बाँ तब ही 'सिफ़र' खोलो
जो निकले तीर तरकश से वो फिर पलटा नहीं करता

हद से अपनी जब गुज़र जाता है ग़म
क़हक़हे बनकर बिखर जाता है ग़म

देखते हैं ख़ुद ही ख़ुद को प्यार से
आइने में यूँ सँवर जाता है ग़म

ढल ही जाता है मेरे अशआर में
कैसे कह दूँ बेअसर जाता है ग़म

मुस्कुराहट जब मेरी परवाज़ ले
मुस्कुराकर पर कतर जाता है ग़म

रोज़ कहता है चला जाऊँगा मैं
रोज़ वादे से मुकर जाता है ग़म

सुब्ह घर से साथ ही निकले मेरे
साथ ही घर लौटकर जाता है ग़म

जिसका भी हो जाता है ये एक बार
फिर 'सिफ़र' कब छोड़कर जाता है ग़म

34.

मुस्कुरा कर
तू मिलाकर

ख़ामुशी को
भी सुनाकर

चाहिए क्या
फ़ैसला कर

ज़ख़्म अपने
ख़ुद सिलाकर

वक़्त से भी
कुछ डराकर

कोई चेहरा
तो पढ़ाकर

चल 'सिफ़र' तू
हौसला कर

दश्त-ए-तन्हाई में बरसों से जो भटका होगा
अपने साये से ही बस बात वो करता होगा

उसकी साँसों से भला मेरी महक कैसे उठी
उसने क्या ख़त मेरा सीने से लगाया होगा

जो ख़बर होती ज़रा भी तो पलट आते हम
आज भी कोई उसी मोड़ पे ठहरा होगा

जब उड़ेगा तो नहीं लौट के आएगा वो
जिसकी परवाज़ पे सैयाद का पहरा होगा

बात अपनी तू ज़रा सोच के ही कहना 'सिफ़र'
तेरी हर बात का बढ़-चढ़ के ही चर्चा होगा

दश्त : जँगल

कोई हमकिनार कहाँ रहा कोई ग़मगुसार कहाँ रहा
मेरा दिल बना सके घर जहाँ वो दयार-ए-यार कहाँ रहा

वो मेरी निगाहों में डूबकर जिसे दुनिया की न रही ख़बर
ये जता गया मुझे भूलकर तेरा अब ख़ुमार कहाँ रहा

मैं वो मौज हूँ जो बिखर गयी मैं वो रात हूँ जो गुज़र गई
मेरी नींद ख़्वाबों से डर गयी तेरा इंतिज़ार कहाँ रहा

हुईं किसके नाम हैं ख़्वाहिशें मेरी चाहतें मेरी हसरतें
मैं हूँ जाने किसकी गिरफ़्त में मुझे अब क़रार कहाँ रहा

न तो रूठने पे मनाये अब न तो फ़ासला ही मिटाये अब
न 'सिफ़र' के नाज़ उठाये अब तुझे प्यार व्यार कहाँ रहा

हमकिनार : हमआग़ोश
ग़मगुसार : दर्द बाँटने वाला
दयार-ए-यार : महबूब का क्षेत्र

जब कभी वो मुफ़्त का पाने गये
पंछियों की चोंच से दाने गये

काम जब हमको पड़ा दुनिया से तो
जाने कितने चेहरे पहचाने गये

सहरा में हो ज्यूँ सराब ऐसा था वो
खो ही बैठे जब उसे पाने गये

हाथ में लेकर गये वो क्यों नमक
ज़ख़्म जो औरों के सहलाने गये

लौट आये ख़ुद समझकर ही 'सिफ़र'
जब बड़े बच्चों को समझाने गये

सराब : मृगतृष्णा

38.

कैसे उनसे अब छुपें बेताबियाँ
जब निगाहें कर रही हों चुग़लियाँ

थक गये लेकिन सँवरती ही नहीं
ज़िंदगी तेरी ये बेतरतीबियाँ

इश्क़ भी कर लेंगे फ़ुर्सत में कभी
और भी हैं दिल पे ज़िम्मेदारियाँ

काग़ज़ी गुल अब सजाना छोड़ दो
अब नहीं खायेंगी धोका तितलियाँ

जाने यूँ चलती रहेंगी कब तलक
मेरे दिल पर आपकी मनमरज़ियाँ

रोशनाई प्यार की मिलती नहीं
कैसे लिक्खूँ चाहतों की अर्ज़ियाँ

है यही इन'आम चाहत का 'सिफ़र'
हर क़दम पर मिलती हैं रुसवाइयाँ

दिल के आईने में तुमने है उतारा भी कहाँ
इक नज़र भर के कभी हमको निहारा भी कहाँ

तुमसे मिलने की भी दिखती नहीं सूरत कोई
हिज्र का दर्द मेरे दिल को गवारा भी कहाँ

चंद सिक्कों में कोई सपने ख़रीदे कैसे
चंद सिक्कों में तो होता है गुज़ारा भी कहाँ

जिसके दम पर मैं करूँ राह को रोशन अपनी
मिल सका ऐसा मुझे कोई सितारा भी कहाँ

तुमने बेशक न कहा जाने को महफ़िल से 'सिफ़र'
चल दिये जब तो हमें तुमने पुकारा भी कहाँ

हिज्र : जुदाई

वो ज़मीं मेरी वो मेरा आसमाँ हो जाएँगे
यूँ समा जाएँगे दिल में एक जाँ हो जाएँगे

जो निगाहों में बसे थे दिल से भी अब दूर हैं
फ़ासले सोचा न था यूँ दरमियाँ हो जाएँगे

मुझ होगी जब लबों पर कुछ न बोलेगी नज़र
पलकों पर अटके गुहर दिल की ज़बाँ हो जाएँगे

छोड़ देंगे लफ़्ज़ उस दिन क़ाफ़िला अहसास का
ख़त्म जिस दिन ज़िन्दगी के इम्तिहाँ हो जाएँगे

क्या ख़बर थी तेरे दिल से एक दिन निकलेंगे जब
तो मुसाफ़िर कारवाँ दर कारवाँ हो जाएँगे

वक़्त आएगा तेरा जब इस जहाँ से जाने का
ख़्वाहिशों के ढेर सारे रायगाँ हो जाएँगे

सीख ले तू अपनी ही नाकामियों से गर 'सिफ़र'
एक दिन रहबर तेरे ख़ुद के निशाँ हो जाएँगे

गुहर : मोती
रायगाँ : व्यर्थ
रहबर : रास्ता दिखाने वाला

यूँ किया सौदा जान का जैसे
हो खिलौना दुकान का जैसे

रूठकर जाना यूँ लगा तेरा
वक़्त हो इम्तहान का जैसे

कोई मायूस हो न इतना भी
दर है मेरे मकान का जैसे

तेरे होंठों पे होंठ थे मेरे
हो मिलन दो जहान का जैसे

दस्तरस में नहीं 'सिफ़र' की तू
चाँद हो आसमान का जैसे

दस्तरस : पहुँच

रुख़ से न वो नक़ाब उठाएँ तो क्या करें
चिलमन से दिलजलों को जलाएँ तो क्या करें

हमने तो बार-बार पुकारा उन्हें मगर
सुनकर भी वो सुनें न सदाएँ तो क्या करें

वो जिन पे हमने हार दिया ज़िन्दगी को भी
हम दिल भी उनका जीत न पाएँ तो क्या करें

वो देखते थे हमको ही महफ़िल में बारहा
घबरा के हम नज़र न चुराएँ तो क्या करें

यूँ भी नहीं कि अपना नहीं कोई ख़ैरख़्वाह
आएँ ही जो न रास दुआएँ तो क्या करें

अपनों ने ही दिये थे मुझे अश्क आँख में
इस दर्द को न भूल ही जाएँ तो क्या करें

नाख़ुन सभी के देखो बढ़े हैं 'सिफ़र' यहाँ
दुनिया से जो न ज़ख़्म छुपाएँ तो क्या करें

बारहा : बारबार

पानी में छाया दिखलाकर इस दिल को बहलाये कौन
चाँद को बटुए में रखने की ज़िद पर है समझाये कौन

वक़्त किसे है रक्खे प्यार के छींटों से इनको ताज़ा
काग़ज़ के फूलों जैसे इन रिश्तों को महकाये कौन

किसने दी आवाज़ ये किसकी दस्तक है दिल पर पैहम
एक बुझी चिंगारी को अब साँसों से सुलगाये कौन

चेहरे पर चेहरा चिपकाकर जीते हैं सब दुनिया में
आईना भी हार गया है आख़िर सच दिखलाये कौन

ख़ामोशी की दीवारें हैं बीच हमारे यूँ उठी
तुम हमसे हम तुमसे रूठे किसको 'सिफ़र' मनाये कौन

पैहम : लगातार

44.

फिर हुईं शहीद सरहदों पे कुछ जवानियाँ
फिर लिखी गईं हैं आज ख़ून से कहानियाँ

फिर लहूलुहान गुल हुए चमन के ख़ारों से
फिर वतन के ख़ूँ में हैं फ़रेब की रवानियाँ

साँप आस्तीनों के ही डस रहे वतन को अब
ज़हर उनका लेगा जाने कितनी ज़िंदगानियाँ

आज वक़्त है कि उनका फन कुचल के रख दें हम
देश के लुटेरों की रहें न अब निशानियाँ

क़ाफ़िले का लुटना रहबरों नहीं गवारा अब
हमसे अब सही न जाएँगी ये ना-तवानियाँ

दीप सरहदों पे अब तो अम्न के जलें 'सिफ़र'
हम शहीदों की न भूल जाएँ मेहरबानियाँ

ना-तवानियाँ : कमज़ोरियाँ

45.

सारी अशया को ज़माने की बिखर जाना था
कारवाँ साँसों का इक दिन तो ठहर जाना था

हर तरफ़ संग हैं, दीवारें हैं, तन्हाई है
ये कहाँ आ गया मैं मुझको तो घर जाना था

बात मंज़िल के निशाँ की मैं करूँ क्या आख़िर
मुझको ये भी न था मालूम किधर जाना था

लौट आए हैं तेरे दर पे ही वापस जानाँ
छोड़कर तेरी गली हमको किधर जाना था

कौन कह सकता था उठकर मुझे जाने को 'सिफ़र'
तेरी महफ़िल से मुझे ख़ुद ही मगर जाना था

अशया : हर शय
संग : पत्थर

46.

हिज़्र का आलम और उम्मीद
दर्द ये पैहम और उम्मीद

याद में तेरी कुछ ग़ज़लें
मद्धम मद्धम और उम्मीद

मैं हूँ मेरी तन्हाई
ग़म का मौसम और उम्मीद

अब टपकी और तब टपकी
आँख से शबनम और उम्मीद

कब तक भटकें सहरा में
हम तिश्ना-दम और उम्मीद

राह तकें शब भर तेरी
पलकें पुरनम और उम्मीद

टूटेंगी इक साथ 'सिफ़र'
साँस की सरगम और उम्मीद

हिज़्र : जुदाई
तिश्ना-दम : प्यासा
पुरनम : भीगा

दो इजाज़त कर लूँ आँखें चार तुमसे
रफ़्ता-रफ़्ता हो रहा है प्यार तुमसे

हो सके तो हमको दिखलाओ भुलाकर
हो न पायेगा यक़ीनन यार तुमसे

इस क़दर ख़ुश्बू न बिखराओ चमन में
फूल भी खाने लगे हैं ख़ार तुमसे

आ न पाया होंठों पर इक़रार माना
हो सकेगा पर कहाँ इनकार तुमसे

जीतने को दिल तुम्हारा अब 'सिफ़र' को
हार जाना भी हुआ स्वीकार तुमसे

पिंजरे में सँभाला है
यूँ रूह को पाला है

सूरज न जहाँ पहुँचे
दीपक से उजाला है

हैं पेट कई भूखे
नाली में निवाला है

हम तुम पे यूँ ही हारे
सिक्का क्यों उछाला है

क्यों मुह ज़बानों पर
और स्याही पे ताला है

हर चीज़ बिके नक़ली
ये दौर निराला है

मन में ही 'सिफ़र' मस्जिद
मन में ही शिवाला है

49.

क़ुरबतों की रुत सुहानी लिख रहा है
बात वो सदियों पुरानी लिख रहा है

साहिलों की रेत पर मौजों से आख़िर
कौन हर लम्हा कहानी लिख रहा है

पत्थरों के शह से आया है क्या वो
मौत को जो ज़िंदगानी लिख रहा है

शोर साँसों का मचाकर हर बशर क्यों
अपने होने की निशानी लिख रहा है

ज़िंदगी भर जो रहा भरता ख़ज़ाने
ज़िन्दगी को आज फ़ानी लिख रहा है

अस्ल में बेरंग करता है धरा को
लिखने को बेशक वो धानी लिख रहा है

है यही तासीर चाहत की 'सिफ़र' क्या
आग को भी दिल ये पानी लिख रहा है

क़ुरबतें : नज़दीकियाँ

आँख में जब नमी सी रहती है
लब पे क्यों तिशनगी सी रहती है

कौन है किसकी ये मेरे भीतर
रूह इक अजनबी सी रहती है

क्यों बहकते हैं इश्क़ में ये क़दम
दिल में आवारगी सी रहती है

जब से आकर बसा वो आँखों मे
नींद से दुश्मनी सी रहती है

पा लिया है अगरचे मैंने तुझे
फिर भी तेरी कमी सी रहती है

आजकल देखो जिसके भी तेवर
लहजे में बरहमी सी रहती है

हो चली उम्र पर 'सिफ़र' तुझमें
अब भी बच्ची छुपी सी रहती है

अगरचे : यद्यपि
बरहमी : नाराज़गी

उनकी मुस्कान को ही प्यार समझ लेते हैं
हम उन्हें अपना तलबगार समझ लेते हैं

एक वो हैं जो समझ पाये नहीं हमको कभी
एक हम हैं उन्हें हर बार समझ लेते हैं

है मुहब्बत में बड़े काम की तू तू मैं मैं
वो तो नादाँ हैं जो बेकार समझ लेते हैं

देखकर उनको जो बढ़ जाती है दिल की धड़कन
वो इसे साँसों की रफ़्तार समझ लेते हैं

ज़ख़्म काग़ज़ पे उभर जाते हैं स्याही बनकर
सब 'सिफ़र' को ही क़लमकार समझ लेते हैं

पलकें जब भी ख़्वाब सजाने लगती हैं
यादें आकर नींद चुराने लगती हैं

चाहत की बोली बाज़ार में लगते ही
आहें उसका दाम चुकाने लगती हैं

भीड़ में जब देखें तन्हाई का मंज़र
आँखें अक्सर शोर मचाने लगती हैं

महफ़िल में नज़रें जिसको हर पल ढूँढ़ें
मिल जाने पर आँख चुराने लगती हैं

ग़म के जंगल में बनकर सोने का मृग
ख़ुशियाँ इस दिल को भरमाने लगती हैं

देखें जब सहरा में 'सिफ़र' काले बादल
उम्मीदें फिर प्यास जगाने लगती हैं

53.

यूँ अपना ग़म भुलाकर देखते हैं
ज़रा-सा मुस्कुराकर देखते हैं

मना लें यूँ किसी रूठे हुए को
अना अपनी मिटा कर देखते हैं

गुज़ारी उम्र जिसको जोड़ने में
ख़ज़ाना वो घटाकर देखते है

कोई तो साये में बैठेगा इसके
शजर हम इक लगाकर देखते हैं

बहुत दौलत कमा ली है 'सिफ़र' अब
दुआएँ भी कमाकर देखते हैं

शजर : पेड़

54.

इक ज़रा देकर इजाज़त देखिए
फिर निगाहों की शरारत देखिए

एक दिल के बदले पाये ज़ख़्म सौ
फ़ायदे की ये तिजारत देखिए

मेरे दिल के दर पे आ जाएगा जब
ग़म को भी मिल जाएगी छत देखिए

इक नज़र ही देखा है हमको अभी
आप अपने दिल की हालत देखिए

देखिए हम आपके हो जायेंगे
मुस्कुराकर यूँ हमें मत देखिए

आयेगी उनसे महक अब भी मेरी
खोलकर मेरा कोई ख़त देखिए

कह तो बैठे हो 'सिफ़र' से झूट पर
जाइए चेहरे की रंगत देखिए

तिजारत : व्यापार

पलने में अलसाया बचपन लौटा दो
माँ की गोद में सिमटा बचपन लौटा दो

साथ लिये चलते थे जिसमें दुनिया को
उस बस्ते में बिखरा बचपन लौटा दो

चाक पे फिर इक बार चढ़ा दूँ मैं जिसको
गीली मिट्टी जैसा बचपन लौटा दो

छूट गया जो माँ बाबा की उँगली से
मेले में वो खोया बचपन लौटा दो

सबको देने वाला भी करता चोरी
कान्हा के माखन-सा बचपन लौटा दो

गुड़िया की शादी से अपनी शादी तक
डोली में जो छूटा बचपन लौटा दो

लिख-लिख कर काटा था 'सिफ़र' जाने क्या क्या
रफ़ कॉपी में ठहरा बचपन लौटा दो

फूल समझा जिन्हें पत्थर निकले
सब मुझे ज़ख़्म ही देकर निकले

बढ़ गये आगे भुलाकर माज़ी
आप हमसे कहीं बेहतर निकले

काट तो डालो शजर को लेकिन
वो किसी का न कहीं घर निकले

उनके दिल में जो न था चोर तो फिर
क्यों वो नज़रों को चुराकर निकले

जो सताते रहे आकर शब भर
ख़्वाब तेरे ही वो अक्सर निकले

उस ने बरसाए थे पत्थर जिन पर
देखा तो अपनों के ही सर निकले

है भला कौन 'सिफ़र' दुनिया में
जो हो अंदर वही बाहर निकले

57.

मेरे दिल में ज़रा रहकर किसी दिन
तू आकर देख अपना घर किसी दिन

उतर ही जाएँगे दिल में तुम्हारे
ज़रा देखो नज़र भर कर किसी दिन

सजाकर रख दिया है फ़ाइलों में
हमें भी देख लो पढ़कर किसी दिन

सँभलकर पैर फैलाना तू अपने
न कम पड़ जाए ये चादर किसी दिन

उतर जाएगा जो सागर के भीतर
वही तो पायेगा गौहर किसी दिन

गिरायेगी 'सिफ़र' तुम पर जो दुनिया
बनेंगे मील के पत्थर किसी दिन

गौहर : मोती

58.

देखकर आइने में सूरत क्या
आपने जान ली हक़ीक़त क्या

बात बेबात नाम लेते थे
आज भी है तुम्हें वो आदत क्या

हमसे बोसे की शर्त रक्खी है
देखना चाहते हो हिम्मत क्या

रात दिन क्यों तेरी तलब सी है
लग गई है मुझे तेरी लत क्या

चूम कर भेजा है हवाओं को
अब मिली तुमको थोड़ी राहत क्या

आज ढलता है कल निकलने को
ढलते सूरज से ख़ूबसूरत क्या

आजकल खोए-खोए से हो 'सिफ़र'
हो गयी तुम को भी मुहब्बत क्या

बोसा : चुंबन

क्या बतायें राज़ आँखों में नमी का
नाम आ जाए न होंठों पर किसी का

याद हमको आ गयी तेरी मुहब्बत
ज़िंदगी ने ज़िक्र छेड़ा जब कमी का

कर लिया इक़रार चाहत का तुम्हारी
बन गया अपना इरादा ख़ुदकुशी का

बारहा देखूँ उन्हें फिर भी न कम हो
क्या किया जाये अब ऐसी तिशनगी का

क़ाफ़िला कैसे वो पहुँचे मंज़िलों तक
जो करे शक रहबरों पर रहज़नी का

ग़मज़दा हैं आज ख़ुश हैं आज कितने
बस बहाना चाहिये इक मयकशी का

क्या 'सिफ़र' वो शह्र से गुज़रा है मेरे
एक झोंका सा उठा है ताज़गी का

रहबर : रास्ता दिखाने वाला
रहज़नी : लूट

मुहब्बत की महक उनमें मिला दें क्या
तुम्हारे ख़त हवाओं में उड़ा दें क्या

सितारे गिन रहे हो तुम भी तो जानाँ
इजाज़त हो तो हम आ कर सुला दें क्या

तुम्हारी आँखों की बढ़ती शरारत को
नज़र तुमसे मिला कर हम हवा दें क्या

तुम्हारा नाम दीवारों पे लिख-लिख कर
हमारे हो ज़माने को बता दें क्या

ग़ज़ल में ढालकर यादें तुम्हारी हम
'सिफ़र' महफ़िल में उनको गुनगुना दें क्या

61.

हँसी होंटो पे तारी कर रहा हूँ
ग़मों से होशियारी कर रहा हूँ

टिका कर अपने ही काँधे पे सर को
ख़ुद अपनी ग़मगुसारी कर रहा हूँ

हर इक लम्हा किसी को याद करके
मैं दिल पे संगबारी कर रहा हूँ

न उनकी राह में टिक जाये फिर से
नज़र की पहरेदारी कर रहा हूँ

बदौलत जिसकी बन आई है जाँ पर
उसी पर जाँ-निसारी कर रहा हूँ

'सिफ़र' मैं घर के सारे आइनों से
फ़क़त बातें तुम्हारी कर रहा हूँ

ग़मगुसारी : हमदर्दी
संगबारी : पत्थरबाज़ी

अब जीत का या मात का होता नहीं असर
मुझ पर किसी भी बात का होता नहीं असर

बैठे रहो मचान बनाये मेरे लिये
अब तो ग़मों की घात का होता नहीं असर

ऐ चाँद तू ही बाम पे आवाज़ दे उन्हें
मेरी गुज़ारिशात का होता नहीं असर

हर बार बदले रूह बदन का ही पैरहन
उस पर क़ज़ा हयात का होता नहीं असर

हमको 'सिफ़र' वफ़ाओं का ऐसा सिला मिला
अब दिल पे हादसात का होता नहीं असर

बाम : छत
पैरहन : पोशाक
क़ज़ा : मौत
हयात : ज़िंदगी

63.

मुझ पर ख़ुशी नसीब का अहसान ही तो है
मुस्कान मेरे होठों पे मेहमान ही तो है

पिंजरे को घर समझ के सजाता है रात-दिन
ये रूह का परिंदा भी नादान ही तो है

कह कर तो देख तोड़ दूँ साँसों का सिलसिला
जायेगी मेरी जान तो क्या जान ही तो है

जब से कोई गया है मेरा शह छोड़कर
हर सम्त अब ये एक बियाबान ही तो है

बेहतर है चुप रहूँ जो 'सिफ़र' कह सकूँ न झूठ
तू सच भी बोलने से परेशान ही तो है

उसने मुझ को मुड़ कर देखा, देखा तो
हाँ वो इक पल को ही ठहरा, ठहरा तो

मेरी ग़ज़लों में वो अपना ज़िक्र कभी
मेरे ही होठों से सुनता, सुनता तो

मेरी हालत पर पैमाना अश्कों का
उसकी भी आँखों से छलका, छलका तो

टूटी जब सरगम की लय तो दुनिया ने
गीत मेरी साँसों का समझा, समझा तो

नाम 'सिफ़र' का जैसे भी उसके लब पर
क़िस्सों में, बातों में आया, आया तो

ज़माने की निगाहों से सनम जब इतना डरते हो
मुहब्बत करने का दम फिर किसी से कैसे भरते हो

बदलते हो कभी इस ओर फिर उस ओर क्यों पहलू
कहो क्यों मेरी बातों को नज़र अंदाज़ करते हो

ज़रा आहट सुनी मेरी तो देखा आइना तुमने
न फिर कहना फ़क़त ख़ुद के लिए ही तुम सँवरते हो

बताने के लिये मुझको हवाएँ गुनगुनाती हैं
कभी चुपचाप जो मेरी गली से तुम गुज़रते हो

'सिफ़र' तुम हाल में अपने नहीं जीते ख़ुशी से क्यों
भुलाते हो नहीं माज़ी को मुस्तक़बिल से डरते हो

हाल : वर्तमान
माज़ी : अतीत
मुस्तक़बिल : भविष्य

हम अपनी यादों के हर वरक़ से तुम्हारी यादें मिटा चुके हैं
अयाँ थी जिसमें तुम्हारी सूरत वो अश्क अब हम गिरा चुके हैं

सजा के शतरंज आज भी तुम चला रहे हो वज़ीर अपना
हम अपने मुहरे बिसात पर से न जाने कब के हटा चुके हैं

न जाने क्यों मेरे दिल की छत पर वो बारहा बैठ जाएँ आकर
जो क़ुरबतों के हसीं परिंदे हुआ ज़माना उड़ा चुके हैं

हुआ था रानी के साथ फिर क्या मिला उसे उसका शाहज़ादा
न पूछो तुम सो गए थे जिसमें वो दास्ताँ हम सुना चुके हैं

अब उनके आने की भी ख़बर से न दिल ये बेचैन हो न धड़के
जो करके मिलने का वादा हमसे ख़ुद अपना वादा भुला चुके हैं

किसी ने उम्दा कलाम गाया किसी का कहना न मन को भाया
सुनाएँगे क्या किसी को क़िस्से जो उठ के महफ़िल से जा चुके हैं

'सिफ़र' की बातों में ज़िक्र किसका बयान किसका है नाम किसका
कहेंगे लब से कभी न लेकिन निगाहों से हम जता चुके हैं

अयाँ : ज़ाहिर
बारहा : बार बार
क़ुरबतें : नज़दीकियाँ

जो बना था फ़क़त अंबरों के लिए
वो तरसता रहा दो गुफ़रों के लिए

जो ये कहते हैं झुकने से कटना भला
लाओ तलवार ऐसे सरों के लिए

बाअदब हर अदालत से होता बरी
झूठ कब है बना कटघरों के लिए

हैं बदन ही बदन देखिये जिस तरफ़
रूह भटके मगर पैकरों के लिए

जिस्म हो जान हो या वो ईमान हो
सब बिकाऊ हैं सौदागरों के लिए

रिंद प्याले में पैसे को पीता रहा
बीवी रोती रही ज़ेवरों के लिए

शीश-ए-दिल न लाना यहाँ पर 'सिफ़र'
है ये बस्ती बनी पत्थरों के लिए

रिंद : शराबी

68.

तन्हाइयों का लगता है मेला यहीं कहीं
शायद मिलेगा मेरा भी साया यहीं कहीं

उड़ कर न जाने कैसे हवा में बिखर गया
हमने जो एक ज़ख़्म सुखाया यहीं कहीं

राजा था एक दिन जो समय की बिसात पर
बन कर गिरा हुआ है पियादा यहीं कहीं

रिश्तों का तोड़कर मैं क़फ़स उड़ तो जाऊँ पर
अटका है मेरे पंख का हिस्सा यहीं कहीं

जो लम्हा तेरे साथ जिया उम्र की तरह
लगता है जैसे अब भी हो ठहरा यहीं कहीं

आई थी छन्न से कोई आवाज़ तो मुझे
शायद नसीब का गिरा सिक्का यहीं कहीं

उठने लगे जो बज़्म से तो यूँ लगा 'सिफ़र'
इक दिल हमारे नाम पे धड़का यहीं कहीं

क़फ़स : पिंजरा

69.

मत करो एतबार की बातें
जब करो इश्तिहार की बातें

ज़िक्र सबसे करो न चाहत का
सबको भाती न प्यार की बातें

खिल उठे नीम जाँ कली भी जब
हो ख़िज़ाँ में बहार की बातें

जिनके वी.आई.पी. हैं पास बने
क्यों करें वो क़तार की बातें

ख़्वाब में भी करें 'सिफ़र' तुझसे
बस तेरे इंतिज़ार की बातें

नीम जाँ : अधमरी

ये तो दुनिया का दस्तूर
आँखों से जो दिल से दूर

तेरे बिन हैं दिन बेरंग
तेरे बिन रातें बेनूर

इक दिन आख़िर सँभलेंगे
आज नशे में जो हैं चूर

उसकी आँख में आँखें डाल
हिम्मत कर और ग़म को घूर

क्या आया क्या जायेगा
तू है किस शय पर मग़रूर

कुछ शीशों से टकराकर
पत्थर भी हों चकनाचूर

करना मत वो काम 'सिफ़र'
जो हो दिल को नामंज़ूर

हवा भी छू के जाये बेरुख़ी से
गुज़रता हूँ मैं जब उसकी गली से

है मेरी भूल कर बैठा मुहब्बत
शिकायत क्या करूँ मैं अब किसी से

लुटा बैठा हो जो दिल की ही दौलत
डरेगा वो भला क्या रहज़नी से

बढ़ा ले अब क़दम घर की भी जानिब
कोई कह दो मेरी आवारगी से

करे जो बेवफ़ाई हर क़दम पर
'सिफ़र' चाहे वफ़ाएँ क्यों उसी से

जो दिल में ज़ख़्म इक मेरे निहाँ था
वो बन कर अश्क आँखों में रवाँ था

थे लाखों ज़िंदगी में मोड़ उस पर
नया हर मोड़ पर इक इम्तिहाँ था

गया था जब तू करके संगबारी
मरा ही कब था मैं बस नीम-जाँ था

जनाज़े में हुआ शामिल जो मेरे
वो रेला भीड़ का पहले कहाँ था

गिने तारे 'सिफ़र' तूने भी शब भर
फ़लक पर नाम तेरा भी अयाँ था

निहाँ : छुपा
संगबारी : पत्थरों की बारिश
नीम जाँ : अधमरा
अयाँ : ज़ाहिर

73.

दिन में आने लगे आजकल
ख़्वाब भाने लगे आजकल

जाने क्यों बेसबब हम भला
मुस्कुराने लगे आजकल

हो गया इश्क़ हमको भी हम
गुनगुनाने लगे आजकल

रफ़्ता-रफ़्ता मेरे दिल के वो
पास आने लगे आजकल

सच की दीवार पर झूठ को
सब सजाने लगे आजकल

हम से ही सीखकर वो हमें
आज़माने लगे आजकल

तोड़ दो आइने सब 'सिफ़र'
सच छुपाने लगे आजकल

याद आये जो हमारी तो बता देना तुम
एक पल में चले आयेंगे सदा देना तुम

क़ैद में पलते नहीं हैं वो तड़पते हैं फ़क़त
ऐसे लाचार परिंदों को उड़ा देना तुम

ज़ख़्म को ज़ख़्म बुलाने से नहीं भरता ये
ज़ख़्म को आज से इक नाम नया देना तुम

पास जब आने लगे तुमसे जुदाई की घड़ी
वक़्त के हाथ में इक लम्हा थमा देना तुम

ख़त्म हो जायेगी जिस रोज़ मुहब्बत दिल में
और जीने की 'सिफ़र' को न दुआ देना तुम

ज़िन्दगी का तो फ़क़त इतना फ़साना है
बुलबुला है और हथेली पर नचाना है

कान की बाली गिरा आते हैं दानिस्ता
गलियों में उनकी किया यूँ आना-जाना है

अब नहीं रुक पायेगी अश्कों की ये बारिश
आज वो हैं पास मेरे उनका शाना है

'चाँदनी है बाम पर आऊँ भला कैसे'
आप का सदियों पुराना ये बहाना है

लेके अपने दिल को भटकें दर ब दर क्यों हम
मिल ही जाएगा इसे तय जो ठिकाना है

दिल के बदले दिल नहीं मिलता यहाँ अक्सर
प्यार का दस्तूर ये सदियों पुराना है

तेरी यादें तेरी बातें क़ुरबतें तेरी
पोटली में अब 'सिफ़र' की ये ख़ज़ाना है

दानिस्ता : जानबूझ कर
शाना : कँधा
बाम : छत

76.

क़ैद-ए-उल्फ़त से अब रिहा कर के
कर दे अहसान फ़ासला कर के

वक़्त फिर चल दिया ख़िज़ाँ की तरह
शाख़ से पत्तियाँ जुदा करके

लब पे मुस्कान आ ही जायेगी
देख अश्कों का तरजुमा करके

फिर न आयेंगे लौटकर वो क़दम
घर से निकले जो फ़ैसला करके

चाँद भी दस्तरस में आयेगा
देख इक बार हौसला करके

क्यों सदा दीजै फिर उसे ऐ 'सिफ़र'
चल दिया हो जो अनसुना करके

मिटा नहीं था अँधेरा दिया जलाने से
हुई है बज़्म तो रोशन तुम्हारे आने से

'अरे! वो कौन था क्या नाम था भला उसका'
किया है याद तुम्हें हमने यूँ बहाने से

चला गया है जो अब लौटकर न आयेगा
है इंतिज़ार में जो कह दो उस दिवाने से

हरेक साँस में मेरी रवाँ है वो पैहम
न दिल से जायेगा नज़रों से दूर जाने से

ये वक़्त है नहीं टिकता किसी तिजोरी में
'सिफ़र' कभी तो करो ख़र्च इस ख़ज़ाने से

पैहम ः लगातार

मेरी चाहत तेरी आँखों में जिस लम्हा अयाँ होगी
न फिर दीवार दुनिया की हमारे दरमियाँ होगी

न हो पाया तेरा शाना मुक़द्दर मेरे अश्कों का
नहीं मालूम था ये अश्कबारी रायगाँ होगी

फ़क़त इतनी सी है ख़्वाहिश हमारे आप हो जाएँ
हमारी इतनी सी चाहत मगर पूरी कहाँ होगी

बरसता अब्र जी भर कर उसे मालूम गर होता
कहीं प्यासी कली कोई चमन में नीम-जाँ होगी

फ़साने सुन लिए होठों से हमने आपके लेकिन
निगाहों से हक़ीक़त एक दिन ख़ुद ही बयाँ होगी

मुहब्बत में हमारी फ़र्क़ बस इतना सा है जानाँ
हमारी बरमला होगी तुम्हारी बेज़बाँ होगी

विसाले यार की हसरत 'सिफ़र' गर है तो सो जाओ
रुकेंगे ख़्वाब किस दर नींद ही जब बेमकाँ होगी

अयाँ : ज़ाहिर   अब्र : बादल
अश्कबारी : आँसुओं की बौछार   नीम जाँ : अधमरी
रायगाँ : व्यर्थ   बरमला : खुल्लमखुल्ला

सजाने हैं सभी सुर और है लय को निभाना भी
तराना ज़िंदगी का है ज़रूरी गुनगुनाना भी

कोई लम्हा मेरे दामन में भी आकर गिरा होता
मगर आसाँ नहीं था शाख़ माज़ी की हिलाना भी

तुम्हें पाने की शर्त-ए-आख़िरी ख़ुद को है खोना गर
मिटा देंगे तुम्हारे वास्ते अपना फ़साना भी

करें कुछ काम ऐसा जो लिखा जाए किताबों में
किसी को याद रह जाये जहाँ में अपना आना भी

जलानी भी 'सिफ़र' मुश्किल थी दिल में लौ मुहब्बत की
जली है जब तो नामुमकिन हुआ इसको बुझाना भी

80.

नज़र का इशारा हुआ तो हुआ
क़सूर एक प्यारा हुआ तो हुआ

ज़माने का हमको नहीं डर कोई
जो प्यार आश्कारा हुआ तो हुआ

बसे हो तुम्हीं तुम हर इक साँस में
ये दिल भी तुम्हारा हुआ तो हुआ

नहीं जिसको हम से कोई वास्ता
वही हमको प्यारा हुआ तो हुआ

उन्हें देखकर दिल की धड़कन बढ़ी
अयाँ राज़ सारा हुआ तो हुआ

ठिकाना तेरा ढूँढ़ने में ऐ दिल
मैं दर दर का मारा हुआ तो हुआ

गँवा के भी ख़ुद को न पाया उन्हें
'सिफ़र' अब ख़सारा हुआ तो हुआ

आश्कारा : ज़ाहिर
अयाँ : ज़ाहिर
ख़सारा : नुकसान

सजायें दिल को कैसे निश्तरों से
हुनर सीखे कोई शीशागरों से

नज़र की बेरुख़ी ने तोड़ा उसको
न चटका आइना जो पत्थरों से

लगे डर साँस भी लेने में अब तो
हवाओं के बदलते तेवरों से

कहीं दिल ही न दे मारें ज़मीं पर
न पूछो हाल शोरीदा-सरों से

जो लाखों रूप रब के जानते हैं
बचाना ख़ुद को उन दानिशवरों से

फ़क़त मुस्कान होंठों पर बहुत है
'सिफ़र' का वास्ता क्या ज़ेवरों से

निश्तर : चाकू
शीशागर : शीशे पर काम करने वाले कारीगर
शोरीदा-सर : पागल
दानिशवर : अक़्लमंद

मरहम से भी उसको डर सा लगता है
ज़ख़्म कोई अपनों से खाया लगता है

मैंने भी गिन-गिन के तारे शब काटी
वो भी मुझको जागा जागा लगता है

जाने क्या देखा है क्या सुन बैठा वो
शाख़ पे पंछी सहमा-सहमा लगता है

ज़र्द है चेहरा रूखी-सूखी हैं आँखें
पेड़ से टूटा कोई पत्ता लगता है

पूछो तो दुनिया में सबसे प्यारा कौन
हर माँ को अपना ही बच्चा लगता है

इक टुक तकता है शब भर यूँ चाँद हमें
उसमें हमको अक्स तुम्हारा लगता है

काम 'सिफ़र' से जो था शायद निकल गया
लहजा उसका बदला-बदला लगता है

ये अपने दिल को कैसी सज़ा दे रहा हूँ मैं
इक बार फिर से तुझको सदा दे रहा हूँ मैं

फिर कर रहा हूँ याद तेरे जाने का सबब
फिर ख़ुद को एक ज़ख़्म नया दे रहा हूँ मैं

सौदे में दिल के रक्खा नहीं जाता है उधार
बदले में बेवफ़ा को वफ़ा दे रहा हूँ मैं

मौजों पे चल के मैंने समंदर किया है पार
तब आज हर भँवर का पता दे रहा हूँ मैं

मारो न लम्हा लम्हा तग़ाफुल से यूँ मुझे
लो हाथ में तुम्हारे गला दे रहा हूँ मैं

मैंने भी बेरुख़्ी जो दिखाई तो क्यों गिला
वापस वही जो मुझको मिला दे रहा हूँ मैं

आए न संगदिल पे किसी का भी दिल 'सिफ़र'
दुनिया के हर बशर को दुआ दे रहा हूँ मैं

तग़ाफुल : उपेक्षा
बशर : मनुष्य

दिल के चमन में कौन ये आया अभी-अभी
हर शाख़ को है जिसने हिलाया अभी-अभी

जाने कहाँ से भीड़ मुझे सुनने आ गयी
दिल का ज़बाँ पे हाल जो आया अभी-अभी

रोशन हुई है रात दिये जल उठे कई
हमने जो उनको ख़्वाब में पाया अभी-अभी

जो रात भर जला था तेरे इंतिज़ार में
अश्कों ने वो चराग़ बुझाया अभी-अभी

रुक जायेगी ये साँस किसी लम्हा भी 'सिफ़र'
चुकता किया है क़र्ज़ बकाया अभी-अभी

85.

इक़रार-ए-मुहब्बत को हवा क्यों नहीं देते
दिल में है जो आँखों से जता क्यों नहीं देते

हम जिनकी मुहब्बत में भुला बैठे हैं ख़ुद को
कहते हैं वही हमको भुला क्यों नहीं देते

रक्खे हैं जो दीवार पे आईने सजाकर
वो झूठ के हाथों में थमा क्यों नहीं देते

चाहत के परिंदों को न दाना है न पानी
फिर दिल के दरख़्तों से उड़ा क्यों नहीं देते

आने नहीं देती जो तुम्हें पास हमारे
दीवार अना की वो गिरा क्यों नहीं देते

जब दिल को मेरे तुमने मुहब्बत में रँगा है
हाथों को मेरे रंग-ए-हिना क्यों नहीं देते

दिन-रात किया करते हो जब याद 'सिफ़र' को
होंठों से फिर इक बार सदा क्यों नहीं देते

होश खोने का डर छोड़कर देखिए
हो सके तो हमें इक नज़र देखिए

चैन खो जाएगा नींद खो जाएगी
ख़्वाब हो जाएँगे दर-ब-दर देखिए

खो गए ग़म उदासी हवा हो गयी
मुस्कुराने का है ये असर देखिए

देखते-देखते ख़त्म हो जायेगी
ज़िन्दगी है बहुत मुख़्तसर देखिये

बातों-बातों में ही बात निकलेगी और
कट ही जायेगा फिर ये सफ़र देखिए

उड़ गया जो परिंदा वो लौटा नहीं
रह गया राह तकता शजर देखिये

लब थे ख़ामोश पर कह दिया सब 'सिफ़र'
बोलने का नज़र से हुनर देखिये

मुख़्तसर : छोटी
शजर : पेड़

पत्थरों को जब तलक देखेगा डरकर आइना
कर न पायेगा कभी भी सच उजागर आइना

किसको है फ़ुर्सत सुने जो दूसरों के रंजो ग़म
हाल दिल का कहने को है सबसे बेहतर आइना

यूँ तो दिखलाये नया हर बार तुम को अक्स पर
अपने भीतर है समेटे कितने मंज़र आइना

सोचा था उनके ही आने पर सँवारेंगे लटें
क्या ख़बर थी रास्ता देखेगा शब भर आइना

दूसरों की जो गिनाया करते हैं कमियाँ ‘सिफ़र’
रूबरू वो भी कभी तो देखें रखकर आइना

88.

रूठ कर उनको दिखाया देर तक
और फिर ख़ुद को मनाया देर तक

क़ैद कर के ख़्वाब में हमने उन्हें
हाल-ए-दिल अपना सुनाया देर तक

नाम उनके लब पे जो आया मेरा
फिर हवा ने गीत गाया देर तक

इक नज़र में हो गये थे जिसके हम
उसने हमको आज़माया देर तक

जब 'सिफ़र' मग़रूर देखा शम्स को
शम'अ ने ख़ुद को जलाया देर तक

शम्स : सूरज

ख़्वाबों से गुज़ारिश है कभी गुज़रें इधर से
क्यों मुड़ के चले जाते हैं वो नींद के दर से

वो देख लें इक बार जिसे अपना बना लें
है कौन बचा उनकी निगाहों के हुनर से

कोई न मिला जब तो बुला बाम पे अपनी
हम करते रहे बात सितारों से क़मर से

अटके हैं कई क़िस्से किसी शाख़ पे अब भी
बचपन की महक आती है आँगन के शजर से

पढ़ने का भी तो उनको कभी वक़्त निकालो
अंदाज़ा लगाओ न किताबों का कवर से

सबका नहीं होता है सफ़र दुनिया में आसाँ
कुछ लोग भटक जाते हैं मंज़िल की डगर से

बैठे हैं जो ख़ामोश 'सिफ़र' उनसे ये कह दो
पढ़ लेते हैं हम दिल की हर इक बात नज़र से

बामः छत

क़मर : चाँद

शजर : पेड़

कोई जब रूठे मनाना चाहिए
और मनाये मान जाना चाहिये

क्या करें जो आ न बैठें जाल में
पंछियों को भी तो दाना चाहिये

झूठ की करते वकालत जो यहाँ
आइना उनको दिखाना चाहिये

आज तक दौलत कमाई है बहुत
अब दुआओं का ख़ज़ाना चाहिए

या किसी से कर न तू वादा सिफ़र
कर दिया जब तो निभाना चाहिए

ये न समझो बदल गई हूँ मैं
वक़्त के साथ ढल गई हूँ मैं

जब से काँटों से दोस्ती की है
सब गुलाबों को खल गई हूँ मैं

आइनों से कहो कि झूठ कहें
इनके सच से दहल गई हूँ मैं

दस्तरस में तेरी मैं क्या आयी
बन के सिक्का उछल गई हूँ मैं

माँ से मिलते ही उम्र भूल गई
हो के बच्चा मचल गई हूँ मैं

पत्थरों की ये क्यों हुई बारिश
क्या कोई सच उगल गई हूँ मैं

अब न चाहत है चाँद की भी 'सिफ़र'
रोटियों से बहल गयी हूँ मैं

देखकर वो मुस्कुराया यूँ के बस
प्यार फिर हमको भी आया यूँ के बस

दिल की धड़कन बंद ही होने को थी
उठ के वो पहलू में आया यूँ के बस

हर क़दम पर लेके मेरा इम्तिहाँ
उसने मुझको आज़माया यूँ के बस

उससे मिलने के अधूरे ख़्वाब ने
मेरी नींदों को उड़ाया यूँ के बस

जा चुका था दूर कहकर अलविदा
दो क़दम वो मुड़कर आया यूँ के बस

ली तो थी रूठे ही रहने की क़सम
हाय! पर उसने मनाया यूँ के बस

खो दिया ख़ुद को ही ये माना 'सिफ़र'
पर किसी को भी तो पाया यूँ के बस

सत्य को कोई छल नहीं सकता
देर तक झूठ चल नहीं सकता

चाहे आदत बदल भी ले अपनी
कोई फ़ितरत बदल नहीं सकता

राह मुझको दिखा रहा है वो
दो क़दम भी जो चल नहीं सकता

दिल भी आख़िर है दिल ही क्या ये कभी
ज़िद में आकर मचल नहीं सकता

हाथ गर थामने को हो कोई
कौन गिर कर सँभल नहीं सकता

साथ अंगारों का न हो जब तक
एक तिनका भी जल नहीं सकता

इश्क़ होने को है 'सिफ़र' को भी
हादिसा अब ये टल नहीं सकता

94.

सुख-दुःख आने-जाने हैं
वक़्त के ताने-बाने हैं

साज़िश थी सैयाद की वो
पंछी समझे दाने हैं

ख़्वाब है कितना मीठा-सा
हम हैं तुम्हारे शाने हैं

जितने चेहरे हैं ग़म के
सब जाने पहचाने हैं

हिज्र, उदासी, आँसू, ग़म
चाहत के नज़राने हैं

दुनिया की है ख़बर जिन्हें
ख़ुद से वो अनजाने हैं

चुप्पी जिनके होंठों पर
आँखों में अफ़साने हैं

वृद्धाश्रम हैं नगर-नगर
घर-घर में बुतख़ाने हैं

सबको अपने ज़ख़्म 'सिफ़र'
ख़ुद ही यहाँ सहलाने हैं

बुतख़ाने : पूजा - स्थल

95.

वक़्त की कर ले मिन्नत हज़ार आदमी
साँस कब ले सका है उधार आदमी

जो ख़ताओं से भी सीखता ही रहे
एक दिन वो बने शाहकार आदमी

ख़ुद को खो देना चाहे कहीं भीड़ में
ख़ुद से हो जाना चाहे फ़रार आदमी

देखने को हक़ीक़त तेरी ए क़मर
चल पड़ा आसमाँ के भी पार आदमी

सेल्फ़ियाँ खींचता रोज़ फिल्टर लगा
झूठी तारीफ़ का ये शिकार आदमी

सिर से पैरों तलक होगी पॉलिश चढ़ी
गर ज़ियादा लगे आबदार आदमी

जाएँगे दुनिया से करके ये देह दान
चाहिए फिर 'सिफ़र' को न चार आदमी

क़मर : चाँद
आबदार : चमकदार

तुझे अपना बना लेते तेरे होते मगर शायद
फ़क़त ये ख़्वाब था जो देखा मैंने रात भर शायद

हरा होने लगा सूखा शजर फिर उसके आँगन का
दुआ दिल से जो माँगी थी ये है उसका असर शायद

लो हमने काट ही ली ज़िंदगी सारी तुम्हारे बिन
हमें लगता था हमसे हो न पायेगी बसर शायद

ज़रा-सा मुस्कुराकर टाल तो देते हैं ग़म अपने
नहीं आता मगर हमको छुपाने का हुनर शायद

फ़क़त ये सोचकर हम सींचते हैं उसको अश्कों से
कभी तो आयेगा दिल के शजर पर भी समर शायद

किताब-ए-ज़िंदगी उस रोज़ आयेगी समझ हमको
इसे पढ़ने को हम जिस दिन हटायेंगे कवर शायद

तेरी जानिब इसी उम्मीद में देखे 'सिफ़र' कब से
कभी उसकी तरफ़ उठ जाए तेरी भी नज़र शायद

शजर : पेड़
समर : फल

क़ैद रक्खो यादों को लाख दिल के तालों में
आ ही जाती हैं ये फिर छूट कर ख़यालों में

जूड़े की सलाई से मैंने बाँध रक्खी है
आज भी छुअन तेरी उँगलियों की बालों में

क्या ख़रीद पाया है भूख कोई दौलत से
है नसीब भी शामिल रोटी के निवालों में

कह ख़ुदा या फिर ईश्वर नाम हैं अलग लेकिन
है वही तो मस्जिद में है वही शिवालों में

लौटकर जो आया है पूछ मत 'सिफ़र' उससे
तू सफ़र की तस्वीरें देख लेना छालों में

तेरी ख़्वाबों में शिर्कत आज भी है
हसीं यादों में लज़्ज़त आज भी है

कहें चुपके से ये तेरी निगाहें
तुझे मुझसे मुहब्बत आज भी है

कभी तुम भी कहो हम हैं तुम्हारे
दबी दिल मे ये हसरत आज भी है

नज़र भर कर कभी देखा था तुझको
मेरी आँखों को राहत आज भी है

न तेरे बाद फिर चाहा किसी को
मुहब्बत की ये सूरत आज भी है

तू कर ले फोन पर कितनी भी बातें
तेरे ख़त की ज़रूरत आज भी है

वो मुझको देखकर नज़रें चुराना
'सिफ़र' क्या तेरी आदत आज भी है

फ़क़त कुछ जुगनुओं की रहबरी में
हम आए तीरगी से रोशनी में

चलो दिल दे दिया तुमको सुना है
बहुत माहिर हो तुम शीशागरी में

लो सच ही मान बैठे तुम तो इसको
कहा था हमने तो बस दिल्लगी में

है कुछ अंदाज़ उनका बदला-बदला
कहीं कुछ कह दिया क्या बेख़ुदी में

तुम्हें पाने की ख़्वाहिश खोने का ग़म
बिखर जायेंगे इस रस्साकशी में

न तुम ढूँढ़ो मुकम्मल आदमी को
नहीं मिलता है सब कुछ हर किसी में

मेरे ही अक्स ने मुझसे ये पूछा
'सिफ़र' क्या ढूँढ़ते हो अजनबी में

रहबरी : मार्गदर्शन
तीरगी : अँधेरा

बस इक बेकली बेकसी है फ़क़त
मुहब्बत है क्या दिल्लगी है फ़क़त

कभी ख़्वाब थे सात रंगों के पर
इन आँखों में अब तो नमी है फ़क़त

मेरे दिल की काग़ज़ से है गुफ़्तगू
नहीं ये मेरी शाइरी है फ़क़त

मुझे छोड़कर दूर जाते नहीं
ग़मों की ये दरियादिली है फ़क़त

नहीं सच में हमसे मुहब्बत 'सिफ़र'
दिखावे की या बेरुख़ी है फ़क़त

www.ingramcontent.com/pod-product-compliance
Lightning Source LLC
Chambersburg PA
CBHW022156150726
47992CB00002B/817